KB126354

왼손의 드레

왼손의 드레

시와정신사

■

자서

훌륭한 조각가는 대리석 안에서 어떤 상을 미리 보고 그것이 원하는 대로 손을 움직여 작품을 탄생시키고, 유능한 정원사는 나무 앞에 서면 실제로 나무가 "여기 좀 다듬어 주세요." 하는 소리를 듣는다고 한다. 이런 경지에 이르도록 끝없이 노력하는 사람만이 진정한 시인일 것이다.

그러나 그 길은 너무 아득하다. 잡힐 듯 잡히지 않고, 보일 듯 보이지 않지만 따라가야 하는 길. 어떤 절대나 절정의 세계에 이른다는 것이 쉬운 일이겠는가. 그래도 시인은 그런 절대의 언어를 향해 나아가는 자가 아닐까.

2022

유봉희

차 례

___ 제2부

___ 제4부

제1부

신종직업이 필요하다

아침 여덟 시와 아홉 시 사이
마을 조그만 공원엔
아침 운동 나온 사람들이 모인다
강아지는 강아지끼리
사람은 사람끼리
아침 인사를 하지만
어쩌다 사람들이 이야기가 길어질 때
강아지들은 어리둥절
꼬리를 흔들어서 반가움을 나타냈지만
그 이상은 불통의 늘어진 시간
한국말만 알아듣는 멍멍이
일본말만 알아듣던
스패니쉬만 알아듣던
멍멍이의 아빠고 엄마만으로는
될 일이 아니어서 멍멍이들의 공통어
사람과 강아지들의 공용어가 시급한 시점
신종직업 멍멍이들의 통역사가 필요하겠다

안녕

먼 거리 여행길에서 만났던 무당벌레야
차 안에 들어온 너를 창밖으로 몰아내고
바람 거센 창틀에 매달려 안달하는 너를
뒷마당으로 데려올까 마음도 약해졌었지만

조그맣고 예쁜
무당벌레야
익숙한 잠자리를 떠나서
너의 놀이터를 떠나서
멀리 떠난다는 것
먼 꿈을 꾼다는 것

먹어도 배고프고
껴입어도 추운 것이어서
네가 지기엔
무거운 백팩이라고 생각했었다

조그맣고 예쁜
무당벌레야

지금 생각해도
너를 떼어놓고 온 일은 다행스런 일이지만
그래도 너의 안부가 궁금하다
창밖에 날리는 빨간 단풍잎을 보니
잠깐 스친 너와의 인연이
단풍잎 색으로 마음 벽에 부딪친다

이끼 바위

3년 가뭄 끝에
절수 명령이 내려졌다
잔디밭을 들어내고
바위 몇 덩이 옮겨 놓았다
관심 주지 않아도 팽 돌아서지 않고
묵직한 자세로 천연덕스러운 모습일 것이다

정원의 나무와 꽃과 풀들의
간절한 목마른 눈빛에서 풀려났다
콧노래로 며칠 안심인데
왜 안심은 쉽게 무너지는 둑인가
여기 저기 마당에 바위들
소리 잠근 아우성이 들린다

그들의 내력을 풀어보니
어느 그늘 깊은 산자락
은방울꽃 둘러 피우며
물안개 하얀 계곡에서
청개구리 무등 태우며

한 마을 한 친족, 함께 살던 그들
지금은 억울한 강제 이주자들이 되었나
여기가 카자흐 우즈베크란 말인가

한밤중 이웃 몰래 수도꼭지를 틀었다
죄 지은 자는 잠들기 힘들다
이래도 저래도 나는 죄인

부력

오늘도 떠 있다 내일도 떠 있겠다
저 세상 먼 어머니가 혼신의 힘 팔 올려
받쳐든 배 한 척 기우뚱거리며
역병 전쟁 이 세상
바다를 건너간다

한 목숨의 긴 내력

책상에 나무 무늬를 보다가
모래톱을 흐르는 물줄기를 찾았다
책상 위 무늬는
높은 산의 능선이었다가
바람 한 점 없는 사막이었다가
초원을 달리는 얼룩말 무늬였다가

겨울 길 옴츠리며 조심스러운 발걸음
한 목숨으로 여러 가지 길을 건너온
나무의 내력을 읽어 본다

봄에는 어떤 꽃을 둘러 피웠을까
여름에는 무슨 새들의 노래 들었을까
가을에는 꽃물 들인 잎을 어디로 날려 보냈을까
겨울에는 눈 지붕 흐린 불빛 아래 어떤 시를 썼을까
옛 앨범을 뒤적이듯
세로 읽기를 하다 보면
그 내력을 읽을 성도 싶다

여치 시인

설핏 서풍인가 했더니
낙엽이 집니다
집도 길도 초록이던
초록 여치 한 마리가 창틀에
날개 접고 더듬이를 내립니다

하늘과 땅을 더듬던 더듬이로
문득 자기 안을 들여다봅니다

못다 부른 노래가 많습니다
저기, 초록 더듬이로는 건널 수 없는
저녁 붉은 하늘 아래로 밀물져 옵니다
그렇다고 마냥 고개 저을 일도
눈물 글썽일 일도 아니어서
그 계절 닿기 전
여리고 쓸쓸한, 내 사랑 마음들에게
한가지로 들려주고 싶은 노래
서늘한 달빛 아래 찬 이슬로 엮어보렵니다

확인

꽃잎 겹겹
담홍빛이면 되었지
이렇게 눈 감을 향기까지

엉긴 마음 밭에서라도
꽃 앞에 눈 감으면
꽃의 영혼, 꽃의 향기가
이렇게 살스럽게 옆에 있는데

살 어둠 속에서라도
꽃 앞에 눈 감으면
있다 없다 하던, 내 속사람과
내 영혼의 향기가
이렇게 반보기로 달려와서
얼싸안는 여기는
땅 위의 하늘 마당
꽃에 향기 있으니
사람에게 영혼 없겠는가

동거자의 거부

바닷가 모랫벌에서 집어온 나무둥치
저 가벼운 몸의
무거운 묵묵부답
하얗게 삭은 나무둥치의
눈치를 보고 있다

긴 세월 파도소리로 속을 채우고 바람옷을 입은
안도 밖도 다 내어준 허깨비로 가벼운 몸
꽃 몇 송이 옆에 두어
탁자 위에 놓아 보려 했더니
돌 몇 개 둘러 의자 옆에 놓아 두려 했더니

그것도 아니면
베란다 나무의자 위에서
바람소리를 파도 소리로 들어보자고
새소리를 물고기 소리로 들어가며
함께 지내보자 했더니
끝까지 묵묵부답
대답 없음이 대답이구나

그래, 다시 바다로 가자
너를 이유 삼아

할머니와의 약속

우지 마라
네 아버지는 나라를 위해 돌아가셨다
대청마루에서 큰집 만손자가 올린 장죽이
흰 연기 오를 때 할머니*가 하신 말씀
나라와 죽음이 연결되지 않던 여섯 살 나이
하지만 울지 말라는 말, 아이의 평생 약속이 되었지요
눈물 떨구지 않으려 자꾸 올려다본 하늘
구름은 어딘가로 흘러가면서
울지 않는 아이를 내려다보다 눈물을 뿌리기도 했어요
아름답고 신비스러운 구름 속에도
눈물이 있는 것 알게 되었지요

너는 꽃 속에 앉아있을 아이인데
큰고모도 길 건너 숙모도
나의 머리 쓰다듬으며 하시는 말
아이는 뒷마당에 혼자 앉아서
앉아보지 못한 꽃들을 그려 보았지요
비에 젖는 옥잠화를 보면
마음 속에 물이 고였지만

빗물을 찍어 그렸지요

그렇게 많은 날 어제처럼 지나고
울지 않은 울음들이
앉아보지 못한 꽃들이
시의 옷 한 벌 지어 찾아왔어요

* 송시열 집안에서 유씨 집안으로 시집 와 아들 다섯과 딸 하나를 두신 할머니
는 막내아들을 6.25 때 잃으셨다

마디

바람 매질 속 참대나무
마디 없는 높이라면
휘이 휘이 휘어지면서도
대쪽 같다는 말 있을까

찰랑 머리 딸 쓰다듬는
엄마 손에 매듭 없다면
겨울밤 아랫목에
홍시 볼로 잠든 딸 있을까

하동지동 애면글면
매듭 없는 어제라면
주름진 뒤안길
가을 귀로 열어볼 일 있을까

우리란 말을

당신들과 나는
더하기 빼기가 가능하다

결핍을 분모로 하고
슬픔을 분자로 둔
한통속이다
더하기 빼기가 가능하다

방정식을 몰라도
더할 수도 뺄 수도 있는
우리는 기본이고 원칙이다

목련꽃 피고 지고

춘삼월 목련 꽃망울
숨 멎게 황홀하더니
이 저녁 바람방울*에 지는 꽃잎
눈물겹게 고와라

피는 날 있었으니
지는 날도 있으려니
오롯이 앞뒤 모습 엮어
마음에 서려 담았다가
실꾸리 그대 그리움
수위 넘쳐 둑을 넘을 때
먹울음 꽃 사슬로 묶어놓겠네

* 풍경의 북한 말

제2부

돌배나무 일기

마지막 잎 떨군 돌배나무
대빗자루처럼 곤두서서
잔가지 떨며 지나가는 구름만
한없이 바라보더니

언제 빌려왔는지,
어떻게 배웠는지
살짝 봄비 지나간 후
꽃구름 환하게 너울 쓰고 있네

새들도 잠들고
별빛도 멀고 먼 밤
혼자 깨어 어깨 시린 밤
살포시 흰 눈 나려 쌓였네

언제 빌려왔는지,
어떻게 배웠는지
꽃샘추위 눈 못 뜨는 풋것들 위로
돌꽃잎 너울 덮어주고 있네

따로따로 함께

친구여
지금은 한여름 가운데 서성여도
어깨 시린 8월입니다
문득 생각해 보니
우리는 현악기에 매어진 줄
손을 잡아도 안 되고
어깨동무도 안 되는
일정 거리를 두고
각자의 소리를 머금고
홀로움을 가다듬는
현악기에 매인 줄입니다
역병과 전쟁 속에서

하지만 친구여
우리의 마음과 기도는 언제라도 함께 만나
노래의 씨앗이 됩니다
세상의 그늘 한 모퉁이를 쓸어내며
따뜻한 햇살을 들이는 것
마음 시린 이들에게
일용할 노래 나누어 주는

우리가 따로따로 함께하는 일입니다

친구여 듣고 계시나요
우리 앞에서 바다가
우리 뒤에서 산과 들이
응원하는 소리
따로따로 함께,
역병과 전쟁 속에서
우리가 첫걸음 뗄 때 듣던 그 음성 들립니다

풍차

아직은 이른 저녁 햇살이 물비늘 치며
새크라멘토 강의 허리를 유연하게 다듬고 있다
얼마 전 그때, 길 잘못 든 고래 험프리가
소리 그물에 잡혀 다시 태평양으로 보내진 곳

그가 문득 궁금하다
소식 멀어진 궁금들은 옷깃 스치며 지나다가
어디 모퉁이를 돌며 뒤돌아 볼 것인가

다리를 건너 조그만 마을 어귀
그 뒤로 저기 풍차들이 서 있는 곳*
잡새들 떼지어 날고 내리는 비포장길 오 분 거리
강가에서 건너 볼 때 사람 키로 서 있던 풍차가
올려다보니 삼십 층 높이로 자라 있다

요즘 언덕에 올라 바람 맞는 일 잦지만
오늘은 많이 휘청거린다
바람인가 했더니 아, 두 팔 안에 그대들
차마 홀로 별의 길로 오르지 못해

바람 옷 입고 오래 서성이는 그대들

어두워가는 길 집에 닿으면
먼저 와서 현관 불로 나를 맞는
형형한 눈으로 책상머리에도 함께 할 것이다
그리고 오늘 깊은 밤
새 별들이 새 길을 열 것이다

* 풍력발전용 윈드밀, Rio Vista 소재

늦봄비
– 황진이의 노래를 받아 적다

연삼일 늦은 봄비 늦장마인가 했더니
마음 귀 열어 놓고 무릎 접어 놓으니
먼 곳서 제 오시는 님의 발자국 소리
백가지 세상 손을 떼어내며 맨발로 뛰어나가
빗발 속 뿌리까지 적시는 나무가 되고 지고

아서요 고만 아서요
봄비는 추운 겨울 지나서야
꽃망울 틔우는 숨결이 되었거늘
빗물 고인 내 님의 발자국 안에 별이 돋기를
그 별빛 기도보다 절실한 노래 되어
님 바라기 여린 뜰에 내리시길
한 계절 감은 듯 눈 뜨고 기다려야 하리

풀꽃 성자

백리 밖 산불 연기가 침실에 또아리 틀고 있는 몇 날
바닷바람으로 숨통을 트려고
버클리 머리나로 길 나섰다
바다로 나가는 길은 벌써 자동차로 넘쳐흐르고
창문은 열 수 없어 답답증이 턱까지 오르는데

문득 차창 밖 매연 속에서
풀꽃 몇 송이 손 흔든다
운전석 딸아이가 회향초(펜넬)라고 이름 일러준다
저들의 고향은 지중해 연안이고
약초로도 쓰이고 식탁에도 자주 오른다는데

지중해 연안에서 여기까지 멀고 먼 걸음
바람이 날라다준 흙먼지 몇 주먹에 발 묻고
아침 이슬 몇 방울로 목 축이고
큰 키는 단념한 듯
그래도 무릎 높이로 버티고 서서
바다 건너 고향 쪽 바라다보며
그래도 짬짬이 지나는 이들에게

노란 웃음으로 활짝 반겨주는 회향초
범사에 감사하며 항상 기뻐하는 모습 보여주는 그대들

나는 머리맡에 말씀집 손닿을 듯 놓고
그 옆에 노자 장자 사이좋은 친구분까지 둘러 두고 자도
눈 뜨자마자 까맣게 잊고
자갈길 달리는 마차처럼 투덜거리는 나날들인데

소음 먼지 갈증 속에서도 저렇게 의연하게
기쁨을 노래하고 나누는 그대는 성자
길 위에서 만난 풀꽃이여
고맙다
그리고 미안하다

부엉이의 노래

마을 입구 큰 소나무 우듬지에
쌓이던 부엉이 울음
습습한 잠자리로 흘러든다

창밖은 달무리 촉촉히 깊은 밤
오늘 부엉이는 사각모와 뿔테안경 벗어놓고
달무리 할로햇(halo hat)*을 썼을 것이다
세 명의 목격자들이 땅에 떨어진 할로햇에 놀랄 때
누군가 부엉이성운에 감추어 두었던 그 모자
소리 날개 짜던 부엉이가 드디어
날개소리도 들리지 않게 부드러운 깃털 펴서
이천육백 광년을 날아 그 모자 찾아 쓰고
역병에 시름 살 깊은 여기, 푸른 점으로 돌아온
달무리 서늘한 오늘 밤

울음도 걸러내고 어루만지면 노래가 되는 것이지
솔바람이 걸러내고 달빛이 어루만진 부엉이 노래
그 속에 창백한 별에게 보내는 새 처방전 있을 것인데
마음 귀 밝은 이 어서 나와서

그 노랫말 풀어내야 할 터인데

* halo hat : 세 사람 증인과 아기 예수를 체벌하는 성모 마리아
                막스에른스트, 1940년대 독일 초현실주의 화가 작품

그리움의 중심

먼 바다 그 끝 바다로
바람은 더 나가보라고 등을 밀지만
깊은 숨으로 뒤돌아보니
바다가 내 발걸음에 귀 기울여 준 자리
아득하다

해 기우는 모래 둔덕에 앉아
노을 풀어내는 바다 마주하니
마음 깊은 동굴 벽에 음각된 소리들
어머니 벽에 기대어 밤톨처럼 영글어 가며
세상으로 향하는 두근거림과 두려움
풋 외로움을 새겼을
처음 그 소리 들린다
바다가 언제나 나에게
수위 높은 그리움의 중심이었음을
이제야 알 것 같다

저, 물결이며 바람이며
신발 신지 않은 먼 발걸음 앞에

나도 신을 벗는다

십일월 찬 물결

도요새 발목 새록새록 붉어지는 바닷가

시인의 꿈

절벽에서 뛰어내리는 물은 폭포가 된다
높이에서 뛰어내리는 순간 목청이 터지고
노래의 날개로 지상을 덮는다
한 소절 노래는 목마른 뿌리에 닿아
푸르름을 올리고
한 소절 노래는 하늘로 올라가
무지개를 피운다

시인들이 꿈꾸는 폭포

왼손의 드레*

불편한 왼쪽 손을 무릎 위에 올리는데
중닭의 무게다
오븐에 놓고 찜통에 넣던 통닭무게

악수할 때 나선 적 없고
중요한 서류에 싸인해 본 적 없지만
반가운 포옹에는 조용히 오른손을 마주 잡아
따듯한 둥지를 만들어 주고
기도할 때는 다소곳 정성을 보태주던 왼손
그러다가 휘청 돌부리에 걸려 넘어지기라도 하면
온 힘으로 버텨서 기어코 몸을 일으켜 세워주던
거침없이 찬조 역에서
주역으로 건너뛰던 왼팔과 왼손

새삼스레 왼손을 쓸어본다
나비의 양 날개처럼 새의 두 날개처럼
양쪽 팔과 손이 함께할 때
푸른 하늘이 열리는 걸 이제 알았다

닭은 날개 달린 공룡의 후손이라며?

중닭의 무게가 왼팔의 드레*가 되는 이 시간
우리란 말을 고요히 완성시키는
세상의 왼손들에게 고마움을

* 사람의 품격으로서 점잖은 무게

저만큼 안에 이만큼

입과 코를 마스크로 가리고 딸애가
눈으로 웃고 있다
저만큼 혼자서 피어 있다*

눈 속에 넣을 수 없게 다 자란 딸아이
저만큼 혼자서

그래도 저만큼 안에 이만큼이어서
꽃도 피고 새도 울고
딸도 나도 웃는다
저만큼에서 딸아이가
눈꺼풀을 손끝으로 들어올리고
온몸으로 수영하는 몸짓을
'눈 속에 넣어도 아프지 않다'는 말을
이해하게 되었나 보다

드디어 모국어 바다에서 헤엄치는 딸
저만큼의 바다가 이만큼에서

출렁출렁

역병이 물러가는 발걸음 소리

* 김소월의 「산유화」에서 가져옴

사슴의 울음을 보다

California wintergreen* 들녘을 달린다
원주민이 고기잡이 가던 길
한때는 49er들이 말 달려 황금 찾아 가던 길
지금은 반평생 타향살이 반백을 이고
차가운 어깨에 붉은 노을 한 자락 덮고
마음 벽에 사슴 울음 그림 한 장 새기며
먼 고향은 먼 그대로 두고
들꽃과 눈 맞추며 걸어가는 길

저기, 첫발 딛는 아기 사슴 앞세우고 사슴 한 가족
건너편에도 몇 마리 그 옆에 또 한 무리
푸른 풀밭 위 듬뿍 담뿍 쏟아 놓은 겨자꽃 위에 얼굴을
묻고
좀 늦은 아침 식사 중이다
비 그친 후 산책길에서 그들 다시 보면
샛노란 아이섀도와 입술연지로 봄 화장을 했을 것이다
이렇게 많은 사슴들이 모인 것은 내 고향 사람들처럼
먹을 것을 보면 울음 울어 동료들에게 알려준다*는
사슴마을의 일상이다

굽이굽이 창문 밖 들녘은
며칠 밤낮 빗물로 헹구고 따가운 햇살로 말린 푸른 양탄자
어릴 적 친구들과 뛰놀던
한번 다시 굴러보고 싶은 30도 능선
들꽃들이 먼저 와서 둘러 있다

캘리포니아 윈터그린 위에 사슴 울음을 핸드폰에 담아
거리두기로 몇 해를 넘겨버린 친구들에게 보낸다
희망도 겨자꽃 피어나듯 듬뿍 담뿍 피어 있는
세상 곳곳에 나누고도 남을 희망
그래, 세상은 아직도 아름다워
사슴 울음을 보며 고개를 크게 끄덕이는
태평양 건너 친구들이 보인다

* 12월 겨울 장마를 지난 캘리포니아 들녘의 투명한 푸른색을 표현함
* 녹명(鹿鳴) : 먹을 것을 보면 동료들에게 알려주는 사슴의 울음

저 높이 레드우드 나무 앞에서

차마 손가락으로 가리키기 죄스러운 저 높이
고개를 구십 도로 꺾어 올려보면
서늘한 한 자락 푸른 폭포

좀 더 가까이 다가서니
멈칫, 불탄 몸통
어떻게 번개 맞고 불바닥친 날 견디며
몇백 년을 걸어 천 년을 건너가며
양산도 우산도 되는 저 푸르름을 올렸는지
몇십 년 바둥이는 사람의 내력으로는 어설픈 짐작일 뿐

다시 보니 몸통 안은 둥글려 한 칸 방을 들였다
상처 입은 생명들 한밤을 쉬어갈 수 있겠다
어미 잃은 새끼들 큰 비바람 피해 늦잠도 잘 수 있겠다

저렇게 속을 도려내고도 어찌 저리 의연할까
오래 참는다는 것은 어떤 의미일까
속을 비우고 그곳에 방 한 칸 들이는 일인가
여린 것들에게 한 칸 방 내어주는 것인가

오래 생각할 틈도 없이
우리는 신발도 벗지 않고 그 방으로 들었다
갖가지 사연들은 백팩에 밀어 넣고
한 스푼씩 입에 문 푸른 웃음들
반듯하게 스마트폰 안에서 고개를 들고 있다
돌아갈 일상의 회오리 틈새에서도
우리들 높게 푸르게

___ 제3부

마주서서 웃다

때 아닌 겨울비
흩뿌리는 십이월 마당가
웬 장미꽃 저리도 붉은가
때를 모르는지 잊었는지
몇 조각 미련인지
…네 마음이나 내 마음이나…
중얼거리며 돌아서는데
"때란 기다리는 자의 것"
담장을 기웃거리던 바람이
던지고 가는 말

장미와 나는
마주 보고 웃었다
겨울비가 아지랑이로
춤사위 엮는 겨울마당에서

뽕나무 앞에서

뒷마당 꽃나무들 사이에
어머니가 심고 가신 삼년 나이 뽕나무
제철 만난 목련 불꽃으로 피워 올리는 옆에서
마른가지 죽은 가지 모습으로
긴 팔을 들고 있더니
지난 가을엔 처음 열린 오디
부지런한 다람쥐에게 다 내주고
빈손이 미안한지
벌 받는 듯 팔을 올리더니
이른 봄비 오락가락 며칠 사이
정원사의 잽싼 가위손도 피하여
이렇게 푸른 잎 올리어
장하고 고맙다
단단한 어둠 속 뿌리는
머뭇거리는 물줄기 어찌 만나
묵은 가지에 이렇게 고운 새잎 피워냈을까

문득 어머니 목소리
얘야. 누이야

뽕나무 대하듯 세상을 보아라
꽃과 열매만 기다리지 말고
줄기와 잎 그리고 뿌리도 보아라
보이지 않는 곳에 다리 놓고
건너 보아라
뽕나무 앞에서 어머니 말씀
마음 갈피에 꼭꼭 눌러 놓는
햇살 따사한 삼월 어느 날

춤추는 그림자

밤새 귓바퀴 돌리던 빗줄기
갑자기 몸피 늘리는 새벽녘
한참 꽃방울 맺는 뒷마당 동백꽃나무가
걱정되어 눈을 떴는데
열지 않은 커튼에 어룽지는 동백나무 그림자
첫 햇살 등에 업고
춤추는 수묵화 한 장 보인다

한국 남쪽 조그만 섬이 고향이라는
진분홍 꽃 동백나무
괜스레 애틋해져서
이곳에 뿌리내리기 어렵지 않았는지
이것저것 물어보고 싶은 것 많았는데
오늘 아침 수묵화 한 점으로 답을 받았다
그림자는 누구에게나 정직한 자화상이므로
이웃 나무들과 어울려 너울너울 춤추는 것 보았으니
이제 마음 놓인다
수묵화 한 장의 속내를 읽으며
따사한 마음 도톰해지는 아침

"뿌리 내리고 어울려 살면 고향이지"

많이 들어본 말

나도 뒷마당 동백나무에게 전한다

몸으로 끝 자 음미하기

두 팔을 올려 ㄲ
낫 두 자루
입속에 혀 ㅡ
칼 한 자루
배꼽 밑에 두 다리 접어서 ㅌ
작두 하나
끝 자를 써보네

낫 두 자루 팔 마구 휘두르면
어지럽고 무서운 세상
입 속에 칼 함부로
많은 이 베어 상처 입은 사람들
두 다리 나대며
작두질로
세상을 함부로 조각내었네
이제는 그만

드디어
두 팔로 둥근 세상 끌어안기

입 속에 칼 생각 깊게 다루기

두 다리 조용히 꿇고 우주를 순회하기

오늘의 기도

오늘은 기도 없는 하루가 되게 하소서
창밖에 백목련 나무 청청 푸른 하늘 향해
백 송이 삼백 송이로 감사와 기쁨을
올리는 아침입니다
오늘은 이 세상 어두운 소리에 귀 닫아두시고
만발한 꽃을 보시며 흠향하여 주소서
태초에 당신이 지으신 그 모습 그대로 간직한
그 아름다움 바라보시며 위로 받으소서
저 꽃나무보다 몇백 배 정성들여 지으셨을 우리들
당신의 자녀들이지만
오죽하셨으면 지으신 것 후회하신 적도 있으실까요
오늘 아침 하늘 향하여 조용한 몸짓으로
감사와 기쁨 드리는 목련나무 아래에서
지으신 대로 태초의 우리 모습 그리워합니다
하늘에 계신 아버지
아직도 이렇게 부를 수 있도록 허락하심 감사합니다
당신의 형상대로 지으심 받은 우리들
많이 방황하는 멀고 먼 길에 있지만
기어코 당신 곁으로

갈 수밖에 없다는 것 압니다
알파와 오메가이신 당신
하늘 아버지로부터 우리들이 나왔으니
오늘 기도 없는 하루를
당신이 처음 만드신 첫날로 돌아가려 하오니
기도 없는 이날을
첫날로 받아 주소서

그대여, 함께

겨울비 봄비처럼 내리는 한낮
건너편 파란 능선이 보드랍다
한번 굴러보고 싶은 30도 능선
가보면 질퍽이는 흙탕 밭

휘돌아서 숲으로 들어가면
낙엽들이 빗물을 머금고
가는 발걸음 내내 따라오는 길

그대여, 오셨는가
귀에 익은 홀로움의 저 발자국 소리
흔들리는 앞니를 빼어 지붕 위에 얹고
새는 바람 부끄러워했을 그때부터
내 곁을 맴돌던 그대
그대는 알 수 없는 수화로 구름을 피워
밤낮없이 차가운 비 뿌렸고
나는 먼 이방의 나라로 숨어도 보았지만
세상은 이미 공개된 다빈치 코드

이제 그대 이름 차라리 정답게 부르니
나를 오래 따라오며 다리 아픈 그대
홀로움이란 이름의 친구여
어서, 내 어깨에 기대시라

사람의 향기

장미는 장미 향으로
국화는 국화 향으로
풀잎도 풀 향기로

사람의 향기는 천만 가지
외롭게 서럽게
혼자서 만들고 가꾸어야만 하는
세상에 하나뿐인 향기
꽃처럼 나무처럼
타고난 향이라면 좋으련만
하지만 사람의 향기처럼
그윽하고 높은 것 있을까
친구야 기다려 줄래
네가 기다려 준다면
촌음을 아껴서 뛰어갈게

상자 속에 그 샘물

자목련 바람에 날려 꽃비 오는 날
지붕 밑 방에 올라
토막난 지난 시간들 품어 안고
어미 새 모양 하고 있는 상자들 풀어놓는다

한 상자를 열자
사과 볼 아기가 두 팔 벌려 내게로 뛰어온다
단발머리 교복 친구들이 나를 에워싸고 깡충깡충
하늘나라에 계신 어머니도
삼십대 아름다운 모습으로 오셔서
내 어깨를 쓰담쓰담
아, 지붕 밑 방 상자 속에는 그 샘물이 있구나
어린 나를 재우시며 들려주시던 그 이야기
마시면 늙지 않는다는 그 샘물

한참을 앉았다가 고개 들어 하늘 보니
저 깊고 푸른 눈
나를 지긋이 바라보고 있다
나도 그분의 많은 상자 중에 한 상자일 것이다

나는 어떤 상자일까

토막 토막 잘려서 날아간 나의 지난 시간들

어디로 가서 누구의 상자 속에 어떤 모양으로 있을까

목련꽃 날아가는 저 높고 푸른 하늘로

상자들 풀어 놓는다

이제 날개를 단 새가 된 작은 추억들

자유롭게 저들 세상을 날다가

그리움이 부르는 소리 들리면

나를 다시 찾아올 것이다

언제라도
- 섬

그 섬의 이름은 언제라도
지도에는 나타나 있지 않더라도
마음만 간절하면
물어 물어
찾을 수 있는 섬

기도하는 풀벌레(praying mantis)에게

창밖은 찬비 뿌리는 일월 중순
삼십 리 밖 시애라 산맥에는 눈이 한 자나 내렸다는데
맨티스 풀벌레 한 마리가 서재 창문에 거꾸로 매달려 있다
기도하는 모습 같아서 프레잉 맨티스라고 이름을 주었겠
지만
며칠을 바라보고 있는 나는 마음이 점점 무거워진다
일상이 손에서 미끄러진다
어제는 세상 십자가를 홀로 지고 가는 성자 모습을 하더니
오늘은 고비 사막을 오체투지로 건너는 삭발승이다
저렇게 찬바람 속을 얼마나 더 견딜 수 있는가
그냥 풀벌레답게 즐겁게 가볍게 살아주면 좋겠다
죽지 말고 그냥 너의 몫을 온전히 살아다오

너와 우리의 관계
어쩌다가 그 많고 많은 별 중에
먼지 같은 작은 푸른 별에 함께 내렸으니
크다면 큰 인연
그곳이 역병으로 전쟁으로 신음소리 자욱하니
풀밭에서 한가롭던 너희들 노래 부르며

가만히 앉아 있을 수만 없었나 보다
우리가 너희에게 큰 짐을 넘긴 것 같아서
너를 보며 하루 종일 서성거린다
이제 그만 그대는 날개를 펴고
풀밭으로 나뭇잎으로 돌아가
그대의 몫 즐거움을 누려다오
이제 절절한 너의 기도 우리가 넘겨받을 것이다
한별에서 사는 진실한 친구야 고맙다
그리고 많이 미안하다

간이역

저 간이역
경부선에 오른 이는 누구나 갈 수 있지만
내리는 자는 좀 다르지
약간의 노자는 필요하지
외로움의 2돈 양
서러움의 3돈 양
때로는 괴로움의 5돈 양
아픔의 10돈 양으로 갈 수도 있지
내 어머니도 자주 들르셨던 간이역

나무친구 자카란다(Jacaranda)에게

그대를 처음 만난 지 십 년이 지났네
십 년 전 어느 여름밤, 동네를 돌다 건너 집 담 밖으로
화사한 모습 보여주던 그대가 아름다워 너의 이름과 고
향을
알아내어 팔뚝만한 너를 안고 집으로 돌아왔지
내 침실 창문 밖 뒷마당에 심어놓고 매일 둘러보고 물 주고
풀 뽑아주며 내려보던 그대가 어느새 큰 키로 올려다보네
마주보고, 올려다보며 때로는 은근히 내려다보며
우리들 긴 세월 같이 보냈네

삼 년이 지나도 꽃은 보이지 않았지만
아침마다 새들 불러 음악교실 열고
점심나절에 다람쥐 불러 운동회를 여는 그대
작은 것들 위해 마음 열어 놓는 그대에게 나도 기쁨 얻었네
사람인 내가 나무인 그대에게 많은 것 배우고 있네
고맙다, 나무친구야

작은 것들에게 마음 내주는 것이 꽃 피우는 것인 것
그대를 알게 되었지. 고맙다 나무친구여

아직 꽃을 못 피운다고 마음 아파하지 마오
꽃으로 태어났으니 기다리면 한 번쯤 꽃도 피겠지
나도 사람으로 태어났으니 한 번쯤 사람으로 피겠지

그대를 마주 보며 때로는 올려보며 내려보며 기다릴 것
이니
그대도 나를 기다려 주오

작은 것들의 이름 불러주고 마음 열어주는 것이
꽃 피우는 것이리
어제 밤 그대와 함께 보던 둥근 달 서쪽 하늘로 달려가는
것 보고
많이 섭섭했는데 오늘 아침 종소리가 전하는 말

그때 푸른 바다 넘어 고비사막 서쪽 끝에
어미 배에서 첫발 뗀 아기 얼룩말이 뜨거운 모래무덤에
첫발을
딛고서 달님이 불 밝히러 갔다가 다섯 걸음 앞으로 나가
는 것

보고 돌아오는 중이라네

친구야 오늘 밤 달마중 가자

고맙다고 수고했다고 인사하러 가자

제4부

그늘을 밀어내다

서쪽 밤하늘에
잘 벼린 금빛 칼날
칼끝을 안으로 오므려
제 몸을 향하고 있다
한 뼘씩 자기의 그늘
다 밀어내면
끝내 칼끝 맞물려 잠그고
둥글게 금빛 차올리겠지만
오늘은 제 안에 그늘 무성한
초승달

(4시집, 세상이 맨발로 지나간다)

Carve Away the Shade

In the western night sky
Hangs a well-honed golden knife.

The tips of the blade bend inward
Pointing towards its own body.

After it carves away inch by inch
All of own shade

Finally, both ends of the blade meet each other and interlock.
It will fill up the circle in golden light.

But tonight, there is plentiful shade
In the crescent moon

왼손의 드레*

불편한 왼쪽 손을 무릎 위에 올리는데
중닭의 무게다
오븐에 놓고 찜통에 넣던 통닭무게

악수할 때 나선 적 없고
중요한 서류에 싸인해 본 적 없지만
반가운 포옹에는 조용히 오른손을 마주 잡아
따뜻한 둥지를 만들어 주고
기도할 때는 다소곳 정성을 보태주던 왼손
그러다가 휘청 돌부리에 걸려 넘어지기라도 하면
온 힘으로 버텨서 기어코 몸을 일으켜 세워주던
거침없이 찬조 역에서
주역으로 건너뛰던 왼팔과 왼손

새삼스레 왼손을 쓸어본다
나비의 양 날개처럼 새의 두 날개처럼
양쪽 팔과 손이 함께할 때
푸른 하늘이 열리는 걸 이제 알았다

닭은 날개 달린 공룡의 후손이라며?

중닭의 무게가 왼팔의 드레*가 되는 이 시간
우리란 말을 고요히 완성시키는
세상의 왼손들에게 고마움을

* 사람의 품격으로서 점잖은 무게

The dignity of my left hand

When I bring my impaired left hand to my knee

Its weight is like that of a medium-sized chicken

The kind I used to put in the oven or the steamer.

It never extended itself for a handshake

Or signed an important document.

But it quietly met my right hand, making a warm nest for it

When giving a welcoming embrace

And serenely supported my right hand in devotion when I prayed.

If I ever stumbled and tripped on a jagged stone

It used all its strength to right my body again.

My left arm and hand used to shift effortlessly

Between playing supporting and lead roles.

I caress my left hand as though for the first time.

I now know that when both arms and hands

Work together like the wings of a butterfly or a bird

That a new world opens to you.

Don't they say that the chicken is the descendant of a winged dinosaur?

I now see in the weight of a chicken the dignity of my left hand.

I extend my thanks to the left hands of the world

The ones that silently complete the meaning of "us."

나이테의 소리가 들리나요

시계 소리만 커지는 아침 10시
누군가 자꾸 벽을 두드리는 소리
그 울림 집안을 채운다
나가보니 머리에 빨간 모자를 쓴 딱따구리가
콘크리트 벽을 쪼고 있다
많은 나무 놓아주고 하필이면 벽을?
부리 아프게 두드려 보아도 벌레 한 마리 없는
집 한 칸 세들 수 없는 벽을

눈 먼 새인가?
시각이 멀면 청각이 밝아진다는데
벽 속에 숨겨진 나무 소리를 듣나 보다
잠자고 있는 집안의 가구들을 깨워
그들이 먼 기억으로부터 일어나는
소리를 듣나 보다

저것 보세요!
책상 나무 무늬가 파도처럼 출렁인다
마루 바닥이 물씬 송진내를 토해낸다

창틀에는 푸른 가지가 피어난다
어떤 나뭇가지는 벌써 하늘을 가릴 만큼 커져 있다

빨간 모자 쓴 딱따구리가 휙 날아간다
나무 창틀이 솟아올린 숲으로

(1시집, 소금 화석)

Can You Hear the Tree Rings?

10 in the morning and the sound of the clock only
grows louder

Someone keeps thumping the wall

The sound echoes and fills the house

Outside, I see there is a woodpecker wearing a red hat

Pecking at the stucco wall

Among the plentiful trees he chooses a wall?

There won't be any insects no matter how painfully he
pecks

At the wall that doesn't have space to lease.

Has its eyes gone bad?

They say your hearing gets better if your eyes fail

So it must be listening for wood within the stucco wall

Waking up the furniture inside the sleeping house

Listening for the sound of them

Waking to a distant memory.

Look at that!

The wood grain of the desk ripples like waves

The wooden floor releases the smell of pine resin

Green branches sprout from the window frame

Some branches are already big enough to block out the sky.

The woodpecker with the red hat flies off

Into the forest the window frame has shot forth.

내 별에게 가다

오늘밤 하늘이 록키산 중턱으로 내려왔다
그곳엔 손 큰 이가 있는지
문질러 씻은 밝은 별
알 굵은 별들이 함께 왔다
저 속에 내 별 있어 나를 알아보려나
세상 먼지 찐득한 나를 알아보려나

그도 나를 닮아 외톨이로
내가 밤길을 찬 이슬로 젖을 때
어두운 망망 하늘을 차갑게 떠돌았을 그 별
우리는 짝꿍 외톨이의 매캐한 쓸쓸함
알아차릴 것이다

쨍그렁, 수정 부딪는 소리
아. 나도 한때는 별이었었나 보다
록키산 위에 살던
맑고 푸른 별이었었나 보다

달려가던 시간이

록키산 위에 빙점으로 앉아있는 밤
우리가 흘린 이야기 몇 가락이
파랗게 호수로 흘러들고 있다

(2시집, 몇 만년의 걸음)

Going to My Star

Tonight, the sky has settled halfway down the Rocky Mountains

Wonder if there is someone with a big hand

Who rubbed the bright stars clean

Stars with thick halos have come as well

Inside there is one of mine, does it recognize me

Through the world's thick dust, recognize me?

That star is like me, an odd one out

When the night roads are wet with cold dew

It probably spun coldly in the dark wide sky

We two are the odd ones out in biting loneliness

We will realize

Clang, goes crystal crashing

At one point I must have been a star as well

Living on the Rocky Mountains

As a clear, fresh star

Time had been rushing by

But the night sits at freezing point on the Rockies

A few strands of the stories we have spilled

Flow into the lake, blue

동반자

산을 오르다 바위를 만났다
자일도 없이 올라야 하는 바위
가능과 불가능을 잠시 생각한다
통과해야 하는 길이므로
가능에다 동그라미를 친다
바위를 눈으로 더듬어 간다
그의 틈과 상처가 보인다
빈틈의 크기와 상처의 깊이를
마음에 새긴다
처음엔 조심스럽게, 나중엔 확실하게
그의 틈에 손을 넣는다
바위의 지문과 내 지문이 섞인다
온몸을 그의 상처에 포갠다
그의 심장 소리가 들린다
그의 틈과 상처를 나의 것으로 품는다
드디어 두 몸이 하나 된 마음
가파른 길을 통과한다

(1시집, 소금 화석)

Companion

Climbing a mountain, I met a rock.

A rock to climb without any equipment.

For a moment, I pondered on "possibility" and "impossibility."

As it was a path to follow, I circled on "possibility."

Glancing over the rock, I saw a crack and a wound on it.

I engraved in my mind the size of the crack and depth
 of the wound.

At first, very carefully and then very assuredly,

I inserted my hands into the crack,

Blending the fingerprints of the rock with mine.

I held the rock with my whole body,
 and felt the pulse of the rock.

Passing the steep path,

I hugged the crack and wound as mine

As if the rock and I were one.

디아블로에서 만난 여우

나무와 풀들은 따라오기를 포기한 산등성
송곳니 같은 바위들만 높게 낮게 앉아서
바람을 잘게 부수고 있다
바위 뒤에서 빠른 속도로 한 물체가 지나간다
조금 후 서서히 몸체를 드러낸다
길게 부풀려진 꼬리, 뾰족한 얼굴
저것은 여우다
돌 하나 집어 던지면 정확하게 맞힐 수 있는 거리

그러나 그의 걸음은 너무나 태연하다
잠깐 맞춘 눈도 고인 물처럼 흔들림이 없다
저 조용한 몸짓은 믿음일까
본성일까 생각해 본다
인디언들이 성인식을 올렸다는
그래서 도깨비불들이 타올랐다는 이 산등성이에서
야성의 불을 눈에 켠 채
인디언을 지켜보던 눈빛도
일정 거리를 지켜 서성거리던
그 걸음은 이제 없다

홀연히 끌어 당겨진
그와 나와의 거리
그러나 그의 마음자락은 한 치 앞도 읽혀지지 않는다
오늘, 태양이 제 몸의 한 부분을 터트려
붉은 하늘을 연다는 밤
과연 그는 그의 눈에 불을 옮겨 담을 수 있을까

나는 짐짓 그가 보이지 않는 곳으로 자리를 옮긴다

(1시집, 소금 화석)

The Fox I Met on Mount Diablo

On top of the mountain ridge where trees and grasses

give up climbing

Canine-like rocks, sitting high and low

Crushing the wind into small bits

Something swiftly passes behind the rocks.

A moment later, it exposes itself gradually

A long, furry tail, a pointed face

Ah! That is a fox

At a distance, literally within a stone's throw.

But, his gait is so composed!

His motionless eyes are calm like pooled waters

Even when my eye made momentary contact with his.

Would that composed posture due to faith or by

instinct?

I wonder.

On top of the mountain ridge

where Indians beheld the coming of age caused

the phantom's flame

He must have watched them with burning flames
 in his eyes
And now, there being no more of his wild eyebeams
No more loitering gait that kept a certain distance.

All of sudden, the distance between me and the fox
shortens
But I cannot fathom his mind a bit.

Tonight, when the sun burst half of its body to open
 a crimson sky
I wonder if he will draw some flame into his eyes.

I surreptitiously walk away
Where he cannot see me.

몇 만년 전의 답신
– 록키산에서

저기 닿을 수 없는

까마득한 산을 바라만 보다가

그 높이에서 떨어져 나왔을 바위를 어루만진다

저 깎아지른 곳을 떠나며

잔혹한 하강의 의미를 새겼을 몸체는

이제 고른 숨을 쉬며 온전한 평정에 들어있다

어둠이 산 속으로 차오르기 시작하면

바위는 그것을 고스란히 받아입는다

급변하는 밤의 기온에도

바위는 체온을 잃지 않고 있다

그 속에 비밀스런 소리들

바위가 별들을 불러내고 있다

아득한 시간 넘어 별이었을 바위가

아직도 자기들의 언어를 기억하고 있는지,

별들이 대답하며 계곡 사이로 모여들고 있다

어떤 별들은 부르는 소리 듣기도 전

회답 먼저 보내고 있다, 몇 만년 전에

크로노스*가 잠깐 던져 놓은 낮이

초승달로 박혀 있는 한여름 밤

* 그리스 신화. 큰 낫을 들고 있는 시간의 신

(1시집, 소금 화석)

A Reply Several Millennia Ago
– On Rocky mountains

Watching a mountain I could never reach,

I pat a rock that must have fallen from that height.

The body that must have woven a savage meaning,

Has now entered into a complete equanimity

Now breathing unruffled breaths.

Despite the rapidly changing weather,

The rock has not lost its temperature.

When the darkness gathers fully in the mountain,

The rock accepts it as it is.

With the secret sounds within,

The rock is invoking the stars.

The rock that was stars beyond time

Must still remember their language.

The stars respond,

Gathering between hill and rock.

Some stars, even before hearing calling voices,

Send their replies beforehand.

At this sunset the sickle which Kronos* momentarily

pitched out millennia ago

Is soaring as a young moon.

* Kronos is the god of time who usually carries a large sickle.

물방울의 노래

물방울 하나가
땅으로 스몄다가 다시
구름으로 피어올라
물방울이 되기까지
천 년의 시간이 흐른대요

그 시간 사이
나 그대 스치며 지나갈 때
물방울로 지나갈 때
그대 목소리 바람 속에 삭아버려도
그대 나 부르는 소리
놓치지 않을 거예요
그대 천만 개의 물방울에 섞여
파도 소리 되어도
나 그대 소리 진정 들을 거예요

그렇게 또 천 년이 흐른 뒤에
어느 계곡 무지개로 떠올라서
나 그때 그대와 한몸 될 거예요

다시는 물방울 되지 않을 거예요

(1시집, 소금 화석)

The Water Droplet's Song

One water droplet

Sinks into the earth and blossoms back into the clouds

Until it becomes a water drop again.

They say it takes a thousand years.

In that time,

When I brush past you,

When you pass me as a water droplet,

Even if your voice is aged by the wind,

Your voice calling me

I will not miss it

Even if you are mixed with a million water droplets

And become the sound of the waves

I will hear your true voice among them.

When a thousand years have passed

I will climb a rainbow from a stream somewhere

And become one with you then

And you won't ever become a water droplet again.

서릿발 소리

건너편 지붕이 하얀 서리로 눈 시린 아침
창문을 열다가 창틀에 앉아 있는
무당벌레를 보았다
빨간 몸통에 검은 점들
저 조그만 몸통에 점을 찍으려면
바늘 같은 붓펜이어야 되겠구나
쓸데없는 생각을 하다가
자세히 보니 움직임이 없다

어젯밤 찬바람 속
불빛 환한 내 창문까지 먼 걸음
안간힘을 쓰다가 놓아버린 작은 몸
작아도 온몸, 온 힘으로 소리쳤을
문 좀 열어요, 창문 좀 열어줘요
이제서야 들리는 소리
창문도 듣고 정원의 나무들도 듣고
멀리 밤 별들도 숨죽이며 들었을 그 소리
나만 듣지 못한 소리

내가 듣지 못한 소리가
내가 듣지 않은 소리가
깨진 유리 같은
서릿발로 일어서는 아침.

(2시집, 몇 만년의 걸음)

The Sound of Frost

The roof across the street is covered with white frost
  on this cold morning.
As I open the window I see on the windowsill
A ladybug
Red shell with black spots
Making spots on such a small body
Must have required a needle-like brush pen
As I think these useless thoughts
I look closer but there is no movement
During last night's cold wind and
The long walk to my brightly lit window
This body struggled mightily and then let go
So small, yet it must have used all its weight,
  all its strength to shout:
Please open the door, open the window
Yet only now do I hear it
The window heard, the garden and trees heard,
Even the faraway night stars must have breathlessly
listened

I was the only one to not hear it

The sound I couldn't hear
The sound I didn't hear
Rises, like broken glass,
On its frosty legs this morning.

정말 좋은 사진

정말 괜찮은 사진인데
눈만 감지 않았다면
몬트레이 바다가 어깨에서 넘실거려요.
바닷바람에 머리 살짝 이마에 그늘 내리고
보일 듯 말 듯 미소도 한입 머금고
눈만 감지 않았더라면
당신 지갑에 살그머니 넣어주고 싶은 것인데

아깝다, 한참 버리지 못하다가
그래! 고개 끄덕이었지요
생각할 때 내 모습
기도할 때 내 모습
거울 앞에 서도 보이지 않던
우물 속 들여다보아도 보이지 않던
그 모습 거기에 있었네요

때로는 눈 감고 세상 앞에 서라고
때로는 눈 감고 세상을 보라고
때로는 눈감아 주라고

내 책상 위에 놓아두었지요

(3시집, 잠깐 시간의 발을 보았다)

An Excellent Photograph

It would have been a very nice photograph

If only I hadn't closed my eyes.

The Monterey Bay hovers above my shoulder

In the ocean breeze, my hair casts a slight shadow

 on my forehead

A smile on my lips, seen and then unseen.

If only I hadn't closed my eyes

I would have wanted to slip it into your wallet.

What a waste, such a waste, that I don't throw it away.

And then finally! I nod to myself.

The way I look when I sleep

The way I look when I think

The way I look when I pray

What even the mirror could not show me

What gazing into a pond could not show me

Is right in this photograph.

Sometimes, I should stand before the world with closed

eyes

Sometimes, I should look at the world through closed eyes

Sometimes, I should turn a blind eye to the world

To remember this, I placed the photograph on my desk.

천상의 노래
– 캐나다 록키에서

오월의 눈이 차장에 날린다

끝없는, 저 순백의 수화는

아무래도 누군가가 보내는 메시지인 것만 같아

문득 창문을 메우며 하늘을 채우며

내게로 들어서는 산, 록키

몸의 모든 이음새를 없애며

절박한 포옹에 숨이 멎을 때

산인지 하늘인지 알 수 없는 곳

수천 수만의 흰나비들

억겁을 날아다니는 날갯짓 속에

내가 있다 내가 없다

다시 보면, 산의 높이만큼 계곡은 깊다

서로 바라보는 아득한 거리

낙하하던 아픔의 기억도

오르려던 숨가쁜 좌절도 지우며

흰 날갯짓 소리, 천상의 노래 들린다

예사롭지 않던 저녁 바람결에 들려오던 그 음절

여기 와서 깨닫는다

그가 일만 년 전부터 나를 부르고 있었음을

(1시집, 소금 화석)

Song of Heaven
– on the Canadian Rockie

May's snow flies across the car window;

The pure white sign language, endless,

Must be a message transmitted by someone.

The mountain suddenly enters into me

Filling the window, filling the sky;

The Rockies,

Deleting all the seams of the body, and halting breaths

With a desperate embrace.

Where one cannot distinguish hill from sky,

Millions of white butterflies.

I exist in their flapping wings

Flying across eons.

When I look again, the valley is as deep as

 the hill's height.

In vast space where they look at each other

The sounds of white flapping wings

And heavenly songs are heard,

Deleting the memories of falling pain,

And the breath–taking frustrations in the upward climb.

I perceive here on the Rockies

The timbre of the sound I heard in the wind

On an unusual evening.

He has been calling me for millennia.

하늘의 창

저 멀리 높이 불 밝힌 창

내 전생에 지구 밖 허공에 불 켜 놓은 창

이생에 올 때 끄는 것 잊어버렸네

밤마다 몇백 광년 달려와서 나를 일깨우지만

내세에도 진즉 잊은 듯 끄지 않을 것이네

(4시집, 세상이 맨발로 지나간다)

A Window in the Sky

Far away and high above, a brightly shining window.

In my previous life, in the space beyond the earth,
  I lit up that window.

I forgot to turn it off when I came into this present life.

Every night, traveling through many hundred light years,
  it reminds me of my neglectfulness.

I am not going to turn it off, even in my next life,
  keep pretending I forgot.

고래 꼬리

그때 고래가 나타났다
수평으로 활짝 펴서 천천히 물 속으로 떨어지는 꼬리 지
느러미
조각 조각으로 흐르는 빙하 위를 물레방아 돌리며
고래 한 마리가 침실 발코니 앞으로 오고 있다
여행객들이 다이닝 룸이나 스탠드바에서
저녁을 기울이고 있을 때
멀리서 올린 꼬리가 안테나였는지
모자도 없이 바람에 날리는 한 사람을 읽었나 보다

아득한 시간 넘어 바다로 들어간 그가
그의 꼬리로 가장 크고 오래된 책장을 넘긴다
이 두근거림을 그냥 침묵이라고 말해 버릴 수는 없겠다
이제 알 것도 같다
왜 자꾸 바다로만 가고 싶었던지
나에게 낯선 바다란 없었다
이제 어두어 가는 빙하 위에서
몇천만 년의 해후를
안타까운 10초의 꼬리로 만났다

그래, 세상 밖에서도 내가 진정으로 만나는 것들은
머리가 아닌 꼬리였었지
내일 아침 이 배는 항구에 닿고
바다를 떠난 오랜 후에도
고래는 바다를 넘듯 시간을 넘어 나에게 올 것이다
그리움 또한 꼬리여서

(3시집, 잠깐 시간의 발을 보았다)

Whale Tail

A whale appears out of the blue

The tail spread out horizontally

Drops slowly into the water

Like a waterwheel, churns the chunks of iceberg

A whale approaches the bedroom balcony

While travelers in the dining room and stand-up bar

Await their dinner time

It seems as though it has recognized one hatless person

blowing in the wind

Its raised tail acting as an antenna

Gone into the ocean slowly

The whale's tail has turned the largest and oldest page

I cannot ignore this thumping and call it silence

I think I know now

Why I felt this persisting pull from the ocean

There is no ocean unfamiliar to me

Now, on top of the darkening glaciers

I've experienced thousands of years' reunion

In ten short seconds of the whale's tail

True, the things I truly encountered in the world
Were always tails, not heads
Tomorrow morning this ship will anchor in the harbor
And even when I have left the ocean
The whale's tail will cross time as it crosses the ocean
And come to me
For longing is like the tail of a whale

백기를 건다

밤마다 백기를 건다.
경건한 무슨 의식인 양
더 이상 물 먹은 순면의 타월이 아니다.
바닥으로 늘어지면 하루가 엄살로 끝나고
천장에 부딪히면 오기로 남는 것 같아
공중에 백기를 건다.

그는 나를 슬며시 수면으로 밀어놓고
칠흑의 밤 목마른 사막을
맨발로 걸어갈 것이다.
모르고 지은 내 허물이
알고 지은 것보다 커서
그의 등짐이 무거울 것이다.
낙타의 발자국이 깊을 것이다.
그러나 그 등짐의 능선 위로 다시 햇살 돋아나고
바람의 마른 갈기 몇 가락 얹어
하얀 사구로 돌아온 타월.

히말라야 등반은 아닐지라도

순례에서 돌아온 이를 맞이하듯
성자의 옷깃을 어루만지듯
이렇게 새 아침을 만날 수 있는 것은
어젯밤에 백기를 들었기 때문이다.

(3시집, 잠깐 시간의 발을 보았다)

Hanging a White Flag

Every night I hang a white flag

A ritual I carry out with reverence

Because it is no longer just a cotton towel soaked in
water

Not on the floor, to end the day with my head down

But not touching the ceiling, to end it with resolve

So instead, I hang it in midair

It quietly puts me to sleep

In a night of dark earth, a thirsty desert

I will walk, barefoot

The mistakes I have made unknowingly

Are greater than those I made knowingly

And so its burden will weigh heavy

But morning arrives again

With no trace of a camel's footsteps

It has returned as a white sand dune

With the marks of the wind upon it

Though not akin to climbing the Himayalas

It is like greeting one's return from a pilgrimage

Like touching the clothing of a saint

I am able to greet a new morning like this

Because last night I raised my white flag

나무 한 잎의 무게

가을 잎 하나 창밖에 떨어지는데
하르르 나뭇잎 하나 떨어졌는데
휘청 기우는 북위 37도
왈칵 쏟아지는 바닷물

태평양을 가운데 두고
평행선 위에 간신히 너와 나.
나무 한 잎의 무게로
기어코 침수되고 마는가

(3시집, 잠깐 시간의 발을 보았다)

The Weight of a Single Leaf

A single autumn leaf falls outside the window

One leaf has flitted to the ground

The 37th parallel swoops down

And a sudden flood of ocean water

With the Pacific Ocean in the middle

You and I were balanced carefully on a parallel line

How, by the weight of a single leaf

Do we end up underwater

유품

바닷가 횟집에서 유품 한 점 얻었다
일생 동안 그린 그림 한 폭
등 뒤에 숨겼다가
생이 끝나는 날, 활짝 열어 보여주는 전복
구상과 비구상을 넘나들며
누구의 화풍도 닮지 않은 작품
밤낮으로 쏟아지는 파도의 채찍 속에서
가장 멀리, 보이지 않는 별빛까지도
바람에 실어 날렸네
천 갈래의 파도 소리 속에서
화음을 골라 달빛을 입혔네
누구라도 한 생
한곳에 마지막 끈으로 매어 달리면
절로 은은한 광채 나는 작품이 되는가

(1시집, 소금 화석)

Inheritance(Abalone)

At a seaside sashimi restaurant, I receive an inheritance

One drawing it's been taking for a lifetime

Hidden behind its back

Until its life ends, then it opens wide to show the abalone

Hovering between conceptual and abstract

Resembling no one else's brushstrokes

Under the waves' whip, day and night,

It has taken the farthest, most invisible starlight

And floated it on the back of the wind

From the thousand strands of the sound of the waves

It has selected the harmonies, clothed them in moonlight

If anyone in a lifetime

Clung to one place with their last remaining thread

Would it result in such a softly glowing masterpiece

내 시집을 말한다

유봉희

내 시집을 말한다

유봉희

　시 창작은 소통행위(疏通行爲)이다.

　시인과 시가 있고, 시적 대상의 세계가 있으며, 시를 수용하는 독자가 있다. 다른 영역의 예술도 마찬가지겠지만, 이 사자(四者) 사이의 대화적 관계는 시적 소통의 구조에서 반드시 필요한 구성요소일 것이다.

　시인은 대상 세계와 대화하고, 그 기록이 시일 것이며, 독자는 시인의 대화의 심미적 인식인 시를 읽을 것이다.

　따라서 시 쓰기는 시인의 표현 욕구의 소산이기도 하지만, 대상 세계에 대한 심미적 인식을 독자와 함께 공유할 수 있기를 희망하는 것에서 출발한다 하겠다.

나의 시 쓰기에서 독자는 거울이다.

그래서 독자들이 내 시집의 울타리 안에 함께 머물며 일상의 번잡함과 산문성과 근면성에서 잠시 벗어나 세계의 다른 형상을 느끼고 통찰했으면 하는 작은 바람이 자리한다. 서정시는 시적 대상에 대한 시인의 감각적이며 주관적 인상을 바탕으로 표현되는 특징이겠지만. 그것을 독자와 함께 공감하고 나누고 싶은 마음이 시 쓰기에 힘이 될 것이다.

이번 시집의 시인의 말에 "작은 것들과 눈 맞추며 / 오래 무릎을 접고 / 앉아" "그들이 들려준 낮은 소리가 / 어떤 마음에 닿았으면" 한다고 말했다.

오랫동안 작은 것들과 마주 앉아 그들이 들려주는 낮고 작은 소리를 들으며 함께 얘기를 나누었다. 그들과 나눈 작은 대화의 기록이 나의 시집이고, 이제는 그것이 "어떤 마음에 닿아" 울림이 되기를 기다린다.

나는 시를 창작한다는 말 대신 시를 만난다는 표현을 좋아한다.

그래서 두번째 시집 『몇 만년의 걸음』에서는 "시를 창작한다는 말보다 시를 만난다는 말을 하고 싶습니다. 이미 존재하고 있었으나 모습을 드러내지 않던 시들이 시인을 만나서 옷을 받아 입고 각자 제 모습을 나타낸다고 생각합니다.

그들을 만나러 산과 거리를 힘들게 오가기도 하지만 어떤 때는 그들이 먼저 찾아와 나의 창 앞에서 기다리고 있을 때도 있습니다. 그들의 숨결을 거스르지 않으면서 개성과 품격을 지켜주는 옷을 만들어 주고 싶습니다."라는 인사말을 했다. 이를테면 나의 시쓰기는 세상에 이미 존재하는 시에 내가 깃들어 옷을 지어 입히는 행위로 여긴다.

시를 만나는 행위가 무슨 거창한 일이라 생각하는 것은 아니지만 그렇다고 작은 것만은 아닐 것이다. 이번 시집의 표제를 따온 시에서 "화석이 된 송곳니 같은 조그만 몸체"지만 "소라와 조개껍질이 바위 등에 총총히 박"힌 채 "몇 만 년 전 바다를 악물고 있"는 것과 같은 의미의 범주는 굳이 말하자면 그것은 존재의 원적(原籍) 같은 것으로 여길 수 있겠다. 그 작은 것들은 나에게 존재의 시원이나 원형 같은 것을 보여준다. 잠깐이나마 원형적 존재의 형상을 보여주는 "시간의 발"(「현장은 왕복여행권을 가졌다」)처럼 켜켜이 축적된 존재의 지층을 현시해주는 것이기도 하다. 캘리포니아는 지각의 변동이 심해서 8번이나 바다에 잠겼다가 나온 땅이라고 한다. 산을 오르면 바다가 산이 되고 그 산이 다시 바다가 되었다가 산이 된 현장을 만나게 된다.

세상에는 시적인 것들이 무수히 존재한다. 작고 사소한 것처럼 보이지만 그런 것들은 자주 존재의 떨림으로 우리를 이끌고, 또 우주적 울림으로 우리의 감각을 확 열어젖힌다. 우리가 그들을 발견하고 감각하지 못할 뿐이지, 그것들은 우리의 도처에 머물며 상존한다. 나뭇가지에 한 마리 새의 지저귐에도, 풀 한 포기 돌멩이 하나에도, 칭얼대는 아이의 투정에도, 어두운 뒷골목 주름진 여인의 이마에도…… 평범한 일상과 사물은 우리에게 다가서서 깊은 눈으로 바라봐주기를 요구한다. 날선 칼처럼 감각은 더욱 예민하며 푸르게 벼려지고, 그들을 바라보는 내 눈은 어린 아이처럼 더욱 투명하게 밝아지기를 바란다. 낡고 때 묻은 언어가 아닌 팔딱이는 싱싱한 언어, 관념의 때로 더럽혀진 언어가 아닌 날것 그대로의 언어로 그들에게 살아 있는 옷을 만들어 입혀주고 싶다.

시를 만난다는 말은 시를 하나의 생명을 가진 존재로 인정하고픈 나의 속내일 것이고, 또한 그에 대한 나의 믿음의 표현이기도 하다.

시 쓰기는 하나의 놀이나 장난, 푸념이나 넋두리가 아닐 것이다.

내면의 눈과 귀, 코와 혀의 감각, 온몸이 예민한 촉수가 되어 시의 씨앗을 만나고 그것을 진실하고 절실하게 키워주어야 한다는 것은 많은 시인들의 생각일 것이다. 시쓰기의 큰 몫인 상상력이 영혼의 감각이라고 한다면, 그 영혼의 감각이 닿는 시의 씨앗은 하나의 소우주를 가진 생명이 아닐

까. 때로는 내가 그 생명을 찾아가 만나고, 때로는 그 생명
이 내게 찾아와 만나는 일은 그지없이 행복한 일이다.

시를 쓰다 보면 처음 생각했던 의도대로 써지지 않는 경
우가 있다.

엉뚱하게 나도 모르는 사이에 처음 생각했던 것과는 다른
모습을 내놓을 때가 있다. 그들에게도 자체적이며 독립적으
로 존재하는 자율적인 생명의 내적 논리가 작동하는가 싶
다. 시가 자신의 의지를 갖고 자신이 가고 싶은 대로 가려는
길이 있다고 느껴지는 순간이다. 신기하게도 시가 하나의
살아있는 생명의 유기체로서 스스로를 형상화하고 규율한
다고 느끼는 순간이다. 놀랍게도 시가 스스로를 이루는 부
분과 요소들의 필연적 선택과 배열에 의한 통일적인 짜임을
지향해나가면서 자신의 형상을 스스로 갖추어 간다는 경험
을 하게 하는 순간이다.

나는 그들의 요구대로 그에 맞는 언어의 옷을 찾아 입힐
따름이다.

이런 때 나로서는 시란 그 자체의 고유한 의지를 가진 생
명의 실체로구나 생각하는 것이다. 순간의 포착, 나는 그저
순간적으로 날아든 시의 씨앗이 발아한 생명을 받아내는 산
파로구나 생각하는 것이다. 나는 그저 그 생명을 보듬고 보
살피는 것이리라. 가령 다음과 같은 시에서 나비가 내려 앉

아 정지한 몇 초, 그 고요의 무게, 그 태고의 정적에서 발현하는 황홀감은 나를 취하게 했다. 그것은 내 느낌이지만, 그에 앞서 시 자체가 품은 스스로의 미적 원리에 의해 그 생명이 실현되고 작동하는 사실을 나에게 일깨웠다. 그 자체로 시적 주체인 내가 감히 침범할 수 없는 풍경의 의식 영역이고, 나는 그것을 감각할 뿐이었다.

> 팔위에 내려앉은 나비
> 푸른 날개가
> 고요의 무게로 접혔다.
>
> 나는 숨죽인 나뭇가지다.
> 첫 꽃을 피운 나무는
> 첫 눈을 받은 나무는
> 이렇게 조금 부끄럽고 황홀했을까.
> 환하게 얼어붙은
> 나비가 내려앉은 몇 초
> 무용수가 공중에 머무는 몇 초로
> 태고의 정적을 모셔왔다.
>
> 내가 나뭇가지인 줄 아나 봐
> 다섯 살 소녀가 아니어도
> 이렇게 말하려고 하는데
> 팔에서 싹도 돋고 꽃도 피려는데.
> ―「나비가 머문 자리」 전문

어느 봄날 문득 나의 팔에 나비가 잠깐 내려앉았다. 그때 그 찰나 내 팔에 나비가 내려앉은 그 순간의 정지는 풍경의 의식이리라. 인간이라는 주체가 사라진 풍경, 고요의 무게와 태고의 정적은 내가 느끼고 말하기 전에 이미 스스로 존재하는 것이란 느낌을 갖게 했다. 그때의 황홀함을 표현한 것인데, 그 몇 초의 찰나와도 같은 시간은 내가 시를 만나는 순간이다.

이럴 때 나는 내가 시를 창작하는 것이 아닌 하나의 생명을 만난다고 생각을 하는 것이다. 그리하여 내가 하는 일이란 그에 적당한 옷을 마련해줄 뿐이라 생각하는 것이다. 그 옷이 싱싱하고 투명한 언어의 옷으로 내가 만난 시가 제 생명으로 빛나고 약동하길 바라면서, 마치 "팔에서 싹도 돋고 꽃도 피"는 언어의 옷을 고르고 입힐 따름이라 생각하는 것이다.

세 번째 시집 출간 후 몇 분의 평론가들과 독자들이 나의 모국어 사용에 큰 관심을 보여 주었다. 이중 언어 생활자로서 모국어에 대한 나의 관심과 사랑에 대해 주목한 이들이 있어 행복했음을 고백한다. 자발적 디아스포라 시인으로서 고국에서 작품 활동하는 많은 시인들의 유연하고 재치 있는 글을 대할 때마다 부럽고, 때로는 주눅이 들었던 나로서는 기쁜 일이다. 어느 누가 멀리 있는 사랑하는 사람을 눈으로만 보고 싶어하겠는가. 마음으로 머리로 온몸으로 느끼고

싫어할 것이다.

나의 시 쓰기는 주로 새벽이나 아침 나절에 이루어진다.

충분한 휴식으로 머리가 맑아지고 정돈되었을 때를 택하려고 한다.

곧잘 지나친 감성과 혼돈의 몽상으로 치닫는 저녁과 밤 시간을 피해 보고자 하는 내 나름의 방법이다. 이국생활 40년, 태평양을 가운데 두고 캘리포니아 연안에서 그 건너 고국을 그리며 사는 사람이니 자칫 감정의 낭비로 시적 긴장감이 느슨해지지는 않을까 하는 염려 때문이다.

나의 모국어에 대한 사랑은 뜨겁고 차가운 이중구조가 필요한 듯하다.

오늘날 우리는 생명과 비생명의 경계가 모호해지는 지경에서 산다.

생명의 한계를 넓히는 시점에 와 있는 것이다. 이런 점이 비단 첨단 물리학이나 생물학자들만의 것이 아니라 시인들에게도 주어진 한 몫의 재능이라고도 한다면 지나친 생각일까. "최악의 과학자는 예술가가 아닌 과학자이며, 최악의 예술가는 과학자가 아닌 예술가이다." 물리학자 아르망 트루소(Armand Trousseau)의 말이다. 시의 씨앗은 영혼의 감각으로 만나서 그것을 과학적인 안목으로 키우고 다듬으면 좋은 시가 될 것 같다. 나에게 이 말은 이성과 감성의 조화로운 통합의 세계를 강조하는 것처럼 들린다. 예술을 지향하는 과학, 과학을 꿈꾸는 예술의 세계는 나의 시가 도달하고 싶은 지점이다. 분리나 배척이 아닌 통합된 사유야말로 내 시적 사유의 지향처이고 싶다.

시와정신해외시인선 10

왼손의 드레

ⓒ유봉희, 2023

초판 1쇄 ┃ 2023년 9월 1일

지 은 이 ┃ 유봉희
펴 낸 곳 ┃ **시와정신사**
주   소 ┃ (34445) 대전광역시 대덕구 대전로1019번길 28-7
                          신창회관 2층
전   화 ┃ (042) 320-7845
전   송 ┃ 0507-075-2874
홈페이지 ┃ www.siwajeongsin.com
전자우편 ┃ siwajeongsin@hanmail.net

공 급 처 ┃ (주)북센 (031) 955-6777

ISBN 979-11-89282-51-6   03810

값 10,000원